獻給我的好朋友

獅子、大象和小老鼠‧陪你一起長大系列

好佳哉！

陶樂蒂　著

鳥鼠仔生做真細漢，伊是規班上細漢的。
毋過，伊有一个上大漢的朋友，象。
伊定定咧講：「好佳哉！我有這个好朋友。」

小老鼠個子小小的，
他是全班最小的。
不過，他有一個個子最大的朋友，大象。
他常常說：「還好，我有這個好朋友。」

鳥鼠仔細漢的時陣，捌抾著足大的危險，
佳哉有象來鬥相共，鳥鼠仔才無代誌。
「好佳哉！有你共我救。」

小老鼠還小的時候，曾經遇到很大的危險，
還好有大象的幫忙，小老鼠才能夠平安。
「還好你救了我！」

對彼工開始，
個總是做伙鬥陣。

從那一天開始，
他們總是形影不離。

鳥鼠仔媽媽逐工吩咐：
「加食一寡，愛食飽才會勢大漢。」

老鼠媽媽每天都說：
「多吃一點，要吃飽才會快快長大。」

毋過，伊就是一隻小鳥鼠仔，閣較按怎勢食，
嘛食未了伊的點心。

不過，
他就只是一隻小老鼠，
再怎麼會吃，
也吃不完他的點心。

鳥鼠仔總是共點心分予象。
「好佳哉！有你鬥相共。」

小老鼠總是把點心分給大象。
「還好有你的幫忙。」

有一工食點心的時陣，獅仔喝無公平咧哭，
鳥鼠仔就共麭分予獅仔。

有一天吃點心的時候，
小獅子哭著說不公平，
小老鼠把麵包分給了小獅子。

「好佳哉！我有麭通分伊。」鳥鼠仔心內歡喜，
家己解決一个問題。

「還好，我有麵包可以分他。」
小老鼠暗自高興，自己解決了一個問題。

「明仔載的點心敢會分予我？」
逐家攏開始按呢想。

「明天的點心會分給我嗎？」
大家都開始這麼想。

今仔日的點心是草莓雞卵糕，
逐家攏足歡喜，無一下仔久，
就共雞卵糕食了了矣。

今天的點心是草莓蛋糕，大家都好開心，
一下子就把蛋糕吃光光。

鳥鼠仔去洗手，猶未轉來。
豬仔囝趁人無注意，
偷偷啊舐鳥鼠仔的雞卵糕一喙。

猴山仔嘛伸手，偷挖雞卵糕一角。

小老鼠去洗手，還沒回來。
小豬趁機偷偷舔了小老鼠的蛋糕一下。
小猴子也伸手，偷挖了一口蛋糕。

象共伊的鼻仔伸長，
想欲保護鳥鼠仔的雞卵糕。

大象伸長鼻子，想保護小老鼠的蛋糕。

獅仔緊走去共鳥鼠仔講。

個走轉來的時陣，桌頂干焦賰……

小獅子趕快跑去告訴小老鼠。
他們回來時，桌子上只剩下……

扁扁的雞卵糕，
佮輾落來的草莓。
「我的雞卵糕……」

逐家你看我，
我看你，攏無講話。

扁扁的蛋糕和滾下來的草莓。
「我的蛋糕……」
大家你看我，我看你，都沒有說話。

「啊！好佳哉！好佳哉！草莓猶閣佇矣。
我上愛食草莓。」

雞卵糕咧？

「啊！還好！還好！
草莓還在。
我最喜歡吃草莓了。」
蛋糕呢？

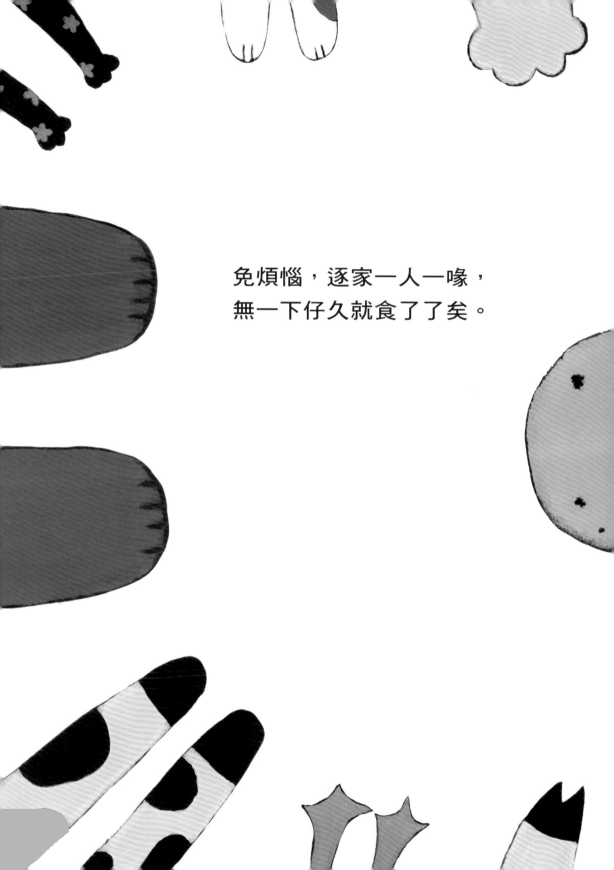

免煩惱，逐家一人一喙，
無一下仔久就食了了矣。

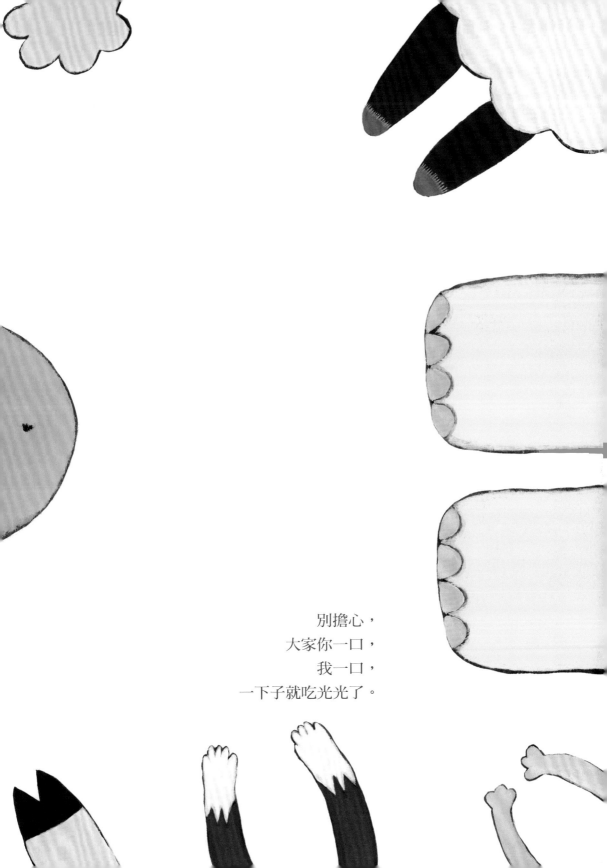

別擔心，
大家你一口，
我一口，
一下子就吃光光了。

「明仔載的點心，
會是啥物？」

「明天的點心，是什麼呢？」

冰淇淋！

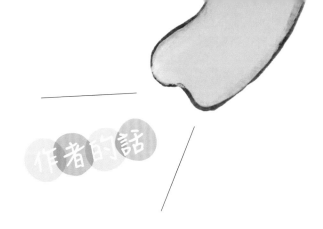

自細漢我就足欣羨慷慨袂計較的人，像按呢的人，人緣一定誠好。佇《無公平！》和《無佮意！》的故事內底，鳥鼠仔是共獅仔佮象牽做伙的角色，嘛是《好佳哉！》內底的主角，伊的個性樂天閣大範。捌有人問我鳥鼠仔逐擺攏共點心分出去，敢袂傷食虧？我感覺其實袂呢，伊知影點心原本就食袂了，愛分予捌人才袂拍損，才是拄拄仔好的代誌，嘛是足好的代誌。

我從小就很羨慕慷慨又不計較的人，這樣的人，人緣通常很好。在《無公平！》和《無佮意！》故事裡，小老鼠是串連小獅子和大象的重要角色，也是《好佳哉！》裡的主角，他的個性樂天又大器。有人曾問我小老鼠每次都把點心分給別人，不會覺得很吃虧嗎？其實不會，他知道自己本來就吃不完點心，要分給別人才不浪費，才會剛剛好，當然也是件好事。

線上朗讀音檔

https://bit.ly/49nGsMA

作者介紹

陶樂蒂

法律系碩士畢業，對一九九六年開始畫圖、寫故事、做繪本。愛用佮臺灣水果共款熱情繽紛的色緻，畫出來的圖冊色水飽滇，故事溫柔。頭一本繪本作品《好癢！好癢！》得著第九屆陳國政兒童文學獎繪本類首獎，《陶樂蒂的開學日》嘛得著第十四屆信誼幼兒文學獎佳作。

平常時仔愛煮食，嘛愛看冊、種花，佮聽 Rock，已經出版的冊有：《無公平！》、《無佮意！》、《大野狼的餐桌》、《起床囉》、《睡覺囉》、《小鷹與老鷹》、《陶樂蒂的開學日》、《給我咬一口》、《給你咬一口》、《我要勇敢》、《我沒有哭》、《好癢！好癢！》、《好吃！好吃！》、《花狗》、《媽媽，打勾勾》、《誕生樹》。

這是我頭一擺用臺語來創作繪本。

小麥田繪本館
好佳哉！
獅子、大象和小老鼠・陪你一起長大系列

作　繪　者	陶樂蒂	
審　　　定	鄭順聰	
封 面 設 計	陳香君	
美 術 編 排	陳香君	
主　　　編	汪郁潔	
責 任 編 輯	蔡依帆	

國 際 版 權	吳玲緯　楊靜	
行　　　銷	闕志勳　吳宇軒　余一霞	
業　　　務	李再星　李振東　陳美燕	
總 編 輯	巫維珍	
編 輯 總 監	劉麗真	
事業群總經理	謝至平	
發 行 人	何飛鵬	
出　　　版	小麥田出版	

115 台北市南港區昆陽街 16 號 4 樓
電話：(02)2500-0888
傳真：(02)2500-1951

發　　　行　英屬蓋曼群島商家庭傳媒股份有限公司城邦分公司
115 台北市南港區昆陽街 16 號 8 樓
網址：http://www.cite.com.tw
客服專線：(02)2500-7718 ｜ 2500-7719
24 小時傳真專線：(02)2500-1990 ｜ 2500-1991
服務時間：週一至週五 09:30-12:00 ｜ 13:30-17:00
劃撥帳號：19863813　戶名：書虫股份有限公司
讀者服務信箱：service@readingclub.com.tw

香港發行所　城邦 (香港) 出版集團有限公司
香港九龍土瓜灣土瓜灣道 86 號順聯工業大廈 6 樓 A 室
電話：(852)25086231
傳真：(852)25789337
E-MAIL：hkcite@biznetvigator.com

馬新發行所　城邦 (馬新) 出版集團　Cite (M) Sdn Bhd.
41, Jalan Radin Anum,
Bandar Baru Sri Petaling,
57000 Kuala Lumpur, Malaysia.
電話：(603) 9056 3833
傳真：(603) 9057 6622
讀者服務信箱：services@cite.my

麥田部落格　http:// ryefield.pixnet.net
印　　　刷　漾格科技股份有限公司
初　　　版　2024 年 6 月
售　　　價　340 元
ISBN　978-626-7281-82-6
EISBN　9786267281833 (EPUB)
版權所有・翻印必究
本書若有缺頁、破損、裝訂錯誤，請寄回更換。

國家圖書館出版品預行編目資料

好佳哉 / 陶樂蒂著 . -- 初版 . -- 臺北市：
小麥田出版：英屬蓋曼群島商家庭傳媒
股份有限公司城邦分公司發行，2024.06
面；　公分 . -- (小麥田繪本館)
ISBN 978-626-7281-82-6(精裝)
1.SHTB: 心理成長 --3-6 歲幼兒讀物

863.599　　　　　　　　　　113004693

城邦讀書花園
書店網址：www.cite.com.tw